KB251179

괜찮은 꿈

문학들시인선 042

괜찮은 꿈

초판1쇄 찍은 날 | 2026년 3월 19일
초판1쇄 펴낸 날 | 2026년 3월 27일

지은이 | 박노식
펴낸이 | 송광룡
펴낸곳 | 문학들
등록 | 2005년 8월 24일 제2005 1-2호
주소 | 61489 광주광역시 동구 천변우로 487(학동) 2층
전화 | 062-651-6968
팩스 | 062-651-9690
전자우편 | munhakdle@daum.net
블로그 | blog.naver.com/munhakdlesimmian

ⓒ 박노식 2026
ISBN 979-11-94544-30-2 03810

• 잘못된 책은 바꿔드립니다.
• 이 책 내용의 전부 또는 일부를 재사용하려면
  반드시 저작권자와 문학들의 동의를 받아야 합니다.
• 책값은 뒤표지에 표시되어 있습니다.

문학들 시인선 042

박노식 시집

괜찮은 꿈

문학들

시인의 말

앓고 나서
그가 다녀가듯
무정한 것이 시다.
어느 날은 종일
눈이 비고
주위엔 새소리뿐,
헤어질 사람도
애써 맞이할 얼굴도
없으니,
돌부처 하나를 곁에 둔다.
아무도 없다.
나는
여전히 앓고 있다.

2026년 봄
해남 문학의 집 '백련재'에서
박노식

차례

제2부 나는 우울의 집에서 태어나 오래 걸었다

제3부 한 곳에 마음을 빼앗기는 일은 거기에 설움이 있기 때문

제4부 한때의 상큼한 노래는 깨어진 조각처럼 뒹군다

제1부

상실이 큰 사람은 침묵을 일찍 배운다

무늬

맑은 날, 낙엽을 들어 하늘에 비추면 길이 보인다

물방울이 흘러간 자리, 내 파란만장한 길들이 실핏줄처럼 얽힌 자국, 살아 보려고 강물 속에서 발버둥 치는 청둥오리 떼의 물갈퀴 흔적들,

보이는 것은 쓸쓸하고 깊은 것은 실체가 안 보인다

진정한 말은 그림자가 다 가져가 버리므로 세상은 어둡고 불편하지만
그늘 안에서 자신을 발견할 줄 알아야 그게 진심인 것이다

오늘의 푸른 잎은 어제의 낙엽이 건네준 비애

지난 계절의 무늬를 구겨 버릴 때 새 무늬는 싹을 틔운다

오래 흔들리는 잎들은

오래 흔들리는 잎들은 소리로 자기 몸을 만든다

잎마다 표기할 수 없는 악보들이 숨어서 천상의 소리와 지상의 풍경들을 흘려보낸다

어제의 장송곡이 오늘은 왈츠곡이 되고 내일은 파도 소리로 들릴지도 모른다

나의 귀는 어느덧 소리의 애인이 되었다

마른 잎과 젖은 잎은 서로가 사랑해서 자기의 고운 소리를 조금씩 모아 두었다가 밤에는 그리움의 선율로 바꿀 줄 안다

어느 날의 젖은 잎은 시인의 집에서 놀고 어느 날의 마른 잎은 착한 민가를 찾아가 노래를 들려주기도 한다

흔들리는 잎들은 바람의 악기 속에서 자신의 생을 연주하며 인간의 세계를 돌아본다

괜찮은 꿈

한 마리 짐승처럼 내가 고립되는 건 괜찮은 꿈이야

폭설은 사람을 내향적으로 만들고
혼자여서 다 잊기로 한 지난날은 터널이 되는 거지

경험은 그만큼 낯익은 비밀을 만들지만 혹독한 내상內傷
을 입고 떠밀린 자는 다시 돌아갈 수 없어

진지한 표정은 상처에 약하고 자주 두리번거리는 자는
낯섦이 많아

눈길에 미끄러져 바둥대던 고라니 한 마리를 본 적이 있지

여러 번 무릎을 세우려다 넘어지고 그러나 마침내 일어
서서, 애쓰면서 제 길을 걸어갔던 거야

생애 최초의 경험인 듯 새끼 고라니는 결코 뒤돌아보지
않았어

산정 위의 별 하나

한낮의 별들이 햇살처럼 내려와 조잘대던 그 흰 꽃들이
떠나고 있다

저녁이 오면 연못은 몸살을 앓고,
나는 그 늪에 빠져 한철을 보낸 적이 있으므로 젖은 눈
이 되었다

저녁의 눈물은 자기의 과거다

내 몸에 기생하던 흰 수련이 빠져나갈 때,
산정 위의 별 하나는 금세 수척해진다

폐가

두고 온 엽서는 박쥐의 배설물 속에서 꿈을 이루었을까?

못다 쓴 문장, 마지막은 아름답거나 추하거나 그 갈림길
에서 눈썹 하나를 남기고 서러운 무늬가 되었을 것이다

늘 지나치던 폐가는 한때 나의 사랑이었다

비밀의 숲, 무성한 잡초는 잠이 들고 내 꿈이 익어 가던
그 방은 빗물이 고였다

녹슨, 붉은 못 하나를 가슴에서 꺼낸다

누군가 내 갇힌 문장 밖에서 머잖아 친절한 노크로 말을
걸어올지도 모른다

모과

어떤 설움이기에 속으로 쌓여서 저리 굳어 버린 걸까

세상의 모든 고독을 혼자 앓는 사람처럼 표정마다 눈물이 고여서 만지면 내가 아파 온다

설움은 이렇듯 향이 깊고 전염이 빠르다

머리맡에 오래 모셔 둔 모과 몇 알의 향이 방 안을 가득 채울 때쯤 나는 비로소 병상에서처럼 깨어났지만 다시 눕고 말았다

내 몸이 모과가 되었는지 모과가 나의 설움을 죄다 가져가 버렸는지

하루 지나 눈을 떴을 때, 모과는 돌처럼 까맣게 굳어서 표정을 잃어버렸다

방 안이 통째 모과의 무덤이 되었다

사랑을 잃고 애가 탔다던 한 사내가 떠올랐지만, 그가
나였는지도 모르겠다

슬픔을 바다에 뿌릴 때 불두화는 눈을 뜨고

슬픔을 배웅하러 바다로 가는 길에 멀리 흰 구름이 앞을 가렸어

우리는 불현듯 손을 맞잡았지

헤어지는 것은 너와 나만의 문제가 아니란 걸 그때 알았던 거야

눈물이 내게로 와서 꽃이 되고 또 애인으로 살다가 별이 되어 떠나는 순간을 우리는 호수의 눈빛으로 지켜봤잖아

파도는 아픈 거야, 자기를 잃어버리니까
내 가슴의 별들도 그래

슬픔아, 네가 떠나는 건 내가 이미 변방의 사그라진 조각달인 것을 늦게 알았던 때야

흰, 그리고 둥근 접시를 앞에 두고서 눈을 감는 버릇처럼 생은 낯설고 때론 익숙한 손톱 밑의 반달 같아

잘 가, 슬픔아

때로 너의 바닷가에서 나를 대신 울어 주면서 아프지 않
길,

그러니까 넌 웃어, 꼭 웃어 봐, 아프지 않게

곧 불두화가 온 하늘을 하얗게 물들이겠구나

그러므로 떠나는 것은

그러므로 떠나는 것은
한 권의 책을 다 읽고 표지의 아름다움을 가만히 덮어
두는 일과 같다

머잖아 눈을 감고, 그 사랑의 페이지를 다시 열어 볼 즈
음에는 지상의 모든 꽃들이 앓고 있을 것이다

입술을 깨무는 버릇, 그만큼 가슴 한편은 헐고 있다

덧없는 재회보다 망각이 더 어려우므로 차라리 상처를
보살피는 게 나을지도 모른다

나를 끔찍하게 흔들어 버린 그 바람은 사라졌지만
이별 위에 꽃잎이 놓여 있어서 더는 아프지 않다

시인의 이별

장마 들기 전에 치자꽃이 먼저 피고 또 파리하니 져서 내가 어느 계절을 살고 있는지 모르겠다

꽃은 이별 앞에서 사람처럼 냉정한 표정을 짓지 않으니 내 마음의 상처가 꽃보다 덜한 것 같다

한 사람이 기어코 떠나고 나서 뜰을 거니는 동안, 나도 그처럼 어느 한 사람을 매몰차게 떠나온 적이 있었던가 생각할 때, 나는 정이 많아 눈물이 먼저 알고 나를 가로막았을 것이라 여기고 있다

내가 누군가를 거칠게 보내 버리고 영영 소식을 끊었다면, 나는 아마 시인이 못 되었을 것이다

구름의 자화상

어떤 하늘은 구름이 만든 자화상처럼 낯설다

자주 하늘을 올려다보는 이는 상처가 많은 사람,

회상回想은 구름에게로 가서 그 사람의 얼굴을 대신 그
려 주지만,
오래전 아름다운 한 얼굴은 철 따라 풍파를 겪으며 울상
이 되었을 것이다

후회하며 아파하는 자가 가장 먼저 구름 가까이에 간다

어떤 구름은 상심의 얼굴로 나를 위로할 때가 있다

나와 무관한 일

'더는, 쓸쓸해지지 않아도 돼.'
이런 주문을 외고 있을 때,

문밖에서 떡갈나무 잎이 소식을 가져왔어
"그건 오판이야, 더 외로워야 해."

숨이 막혔지, 그때 환청이 찾아왔던 거야

"괜찮아?"

그리고 불현듯 여름이 가고 가을은 스쳤어

겨울은 아주 빠른 몸짓으로 빈 깡통 안에 숨어든 날벌레
처럼 모든 소리를 접은 채 조용히 와 버렸어

데운 물인 줄 모르고 다시 데워서 손가락을 적시는 일은
내 안이 서럽기 때문,

눈이 오는 건, 그가 구름 속에서 앓는 이유지만 이젠 나
와 무관한 일

그해 겨울의 동호해변*

기다림처럼, 길모퉁이의 작은 꽃집들은 왜 창백해 보일까

오래 머물러서 싹이 트는 건 아니므로 비참한 하루가 당도하기 전에, 그 하루가 깊어지기 전에 길을 나서야지

내 그림자가 멀리 가 버리면 고독한 그에게 좋은 일이 올 거야

익숙한 파도는 없어,
다만 그 곁에서 듣는 소리는 내가 살아 있는 순간일 뿐,

파도야, 놀라지 마

해변의 모래알은 별보다 눈부셔서 소리가 많은 거야

* 전라북도 고창군 소재

계절 밖으로 난 길

진 꽃을 보고 위안을 받는 이가 있다면 그는 지금 아픈
사람이다

꽃잎을 말려 작은 유리병에 넣고 오래 들여다보는 일처
럼 기억은 가슴이 남긴 잔상 같은 것이다

아름다움은 지워지기 위해 존재하는 것,

마른번개에 가슴이 베이고 절벽 끝에 서 있을 때,
금이 간 바위틈에선 반드시 새로운 씨앗이 싹튼다

붙들 수 없는 것들은 아직 찾아오지 않은 것과 같다

계절 밖에서 꽃을 모르고 살아가듯 내 뒤로 흘러간 얼굴
들은 모두 그늘 속에서 태어났다

연민

– 고흐의 'sorrow'에 대하여

우는 건 눈물이 아니라, 연민

가슴속에 작고 순한 새알 하나 낳으려고 눈을 감으면 몸이 빈 둥지처럼 오그라들지

마른 젖가슴은 적막하고 어깨는 낙엽처럼 야위어서 방 안에는 슬픔이 있다

찬 벽, 거기 쓰라린 나뭇가지들은 바늘 같고 송곳 같고 칼끝 같고 또 모르는 눈빛 같아서 조롱은 네게로 오고, 눈물은 구겨진 추억보다 더 오래갈 뿐, 위로가 아냐

작은 그루터기에 앉은 시엔,
어느 별이 너에게로 갈까?

울지 마
울지 마

내가 밤하늘로 가서 너의 소식을 전해 주면

어느 눈빛보다 아름답고 선한 별들이 먼저 네 등으로 내려올 거야

새들의 얼굴을 기억하는 것은

마당은 들뜨지 않고 비어서 차츰 주인의 표정을 닮아 간다

나에겐 기쁜 일도 없지만 새들의 방문이 잦고
시가 어떻게 찾아오는지 새의 울음소리는 미리 알려 준다

간혹 나뭇잎이 날아와 머물 때,
어떤 새는 부리로 쪼아서 흠집을 내고 그 잔해를 현관문
앞에 모셔 두기도 한다
그런 날은 슬픈 시가 나온다

새의 얼굴을 기억하는 것은
그와의 재회를 꿈꾸는 나의 간절한 비애만큼 소중하고
귀하다

가여운 날

가여운 날은 몸이 먼저 알고 가로수 누런 은행잎 하나를 줍게 만든다

오는 걸음과 가는 걸음 사이에 긴장이 있고
바람이 죄다 쓸고 간 후, 길 위의 남은 이파리 하나는 이미 젖어 있다

깨어진 포옹과 창槍 같은 얼굴

한 사람의 눈빛은 백 년의 감각으로도 다 읽어 낼 수 없다

가을밤의 호수

밤의 가을 호수는 한낮에 비친 먼 산의 단풍들을 조용히 물속으로 데리고 간다 그러면 단풍들은 호수의 품 안에서 열이 내리고 뜨거워진 볼이 차츰 가라앉는다 칭얼대는 몇 잎은 한적한 호숫가로 안고 가서 잔물결로 토닥토닥 재우고, 호수마저 지쳐서 눈을 감을 때는 박 같은 큰 달이 앞산 위로 올라와 살며시 웃고 별들은 반짝이는 입술로 밤새 뽀뽀를 해 준다

침묵

먼저 떨어져 나뒹구는 누런 잎들을 보면 가슴에 구멍이
몇 생긴다

잎이 환해서 예뻐 보여도 그 뒤에는 수심이 있고
아직 오지 않은 소식은 춥고 어두워서 타인이 되었을 것
이다

상실이 큰 사람은 침묵을 일찍 배운다

창백한 얼굴 안에는 흰 꽃잎이 여럿 있으나 시들면 공터
처럼 차가워진다

제2부

나는 우울의 집에서 태어나 오래 걸었다

낙화

나는 우울의 집에서 태어나 오래 걸었다

외로움을 타는 새들은 꽁지를 흔들며 나를 낯설어 하지
않는다

창공을 나는 새의 날갯짓만큼 고통이 나를 키운 셈인데,
나의 이마에는 새의 혀가 핥고 간 꽃잎의 흉터가 아직도
남아 있다

떨어진 꽃잎은 쓸쓸하여도 그 향은 오래 남아서 내가 존
재한다

나는 낮달을 보며 외로움을 키웠다

기억은 폐허 위의 통증 같은 것

돌아갈 옛집이 없는 사람은 그가 지금 아프기 때문인데 불행한 일은 아니다

누구도 보지 않는 낮달을 나는 혼자 지켜보면서 외로움을 키웠지만, 산마루에 앉아 고개를 숙일 때는 빙 둘러 핀 진달래꽃이 나를 안아 준 적이 있다

아름다웠던 일도 고통스러웠던 사연도 내 안에서 자란 것이므로 소중할 수밖에,

다시 오지 않을 먼 눈빛을 나는 낮달 속에서 찾는다

연두

　누군가의 사랑이 되어 본 적 없는 나는 쓸모없는 양철통 같다

　울어야 할 그는 이미 다른 사람의 꽃이 되어서 얼굴이 달항아리처럼 환하다

　밖의 소리가 나의 사랑을 짓밟는다

　내 빈 가슴이 어둠으로 물들 때,
　첫 연애에 들어선 이의 눈빛은 마냥 연둣빛으로 빛날 것이다

　연두는 잠시 생을 한눈팔게 만들고 곧장 용서해 버린다

흰,

짧은 한 철을 몹시 울어 버린 고니의 가슴처럼 흰 것은 나를 아프게 한다

먼 데서 누구와 닮은 모습이 걸어오면 먼저 숨이 차오른다

걸음걸이가 그 사람의 정서를 보여 주듯 지나간 길은 썰물의 눈빛만큼 빠르고 모든 생을 아스라이 기억할 뿐이다

진실한 얼굴은 어디에 있는가?

믿지 못해 괴로울 일은 없지만 나는 그 너머를 읽으면서 위안을 배웠다

하나가 아름답게 느껴질 때
다른 모든 아름다운 것들이 장막 뒤에 가려지듯
추악한 나의 일기는 오히려 아름다움이 내게 보내 준 자객刺客 같은 것이다

울지 마라, 나의 마음이여!

백련재*에 내려와서 나의 눈은 유순해지고 더 깊어졌다

흰 꽃들이 만발한 봄을 지나 긴 여름으로 가는 길목에
나는 서 있다

식목일에는 은목서 묘목을 한 주 사서 황지우 선생의 앞
마당 한 귀퉁이에 아무도 몰래 심어 놓고 와야겠다

흰 꽃 뒤에 아득한 붉은 꽃들이 풍경화처럼 펼쳐진 것을
사람들은 모르고, 나만 애달파서 그리워하는 것은 병이다

걸어서라도 멀리 소식을 찾아 나서는 다급한 청춘처럼
나는 길을 나선다

흰빛은 내 슬픈 이면의 꽃이다

설운 감정이 찾아올 때 나는 더 자유로워진다

* 해남 문학의 집

입술을 다문 꽃

한 번 다문 입술은 철새들의 울음소리에도 열리지 않고
기쁜 소식을 가져와도 벙글어지지 않는다

잊힌 밤, 어느 해의 충격처럼 바람이 불면 열릴까?

간지러운 꿈을 감추고 거리를 떠도는 입김이여
　본능에 저당 잡힌 속울음은 붉고 풍요로워서 비밀이 많
을 것이다

결코 드러나지 않는 어둠 속의 꽃봉오리가 궁금하다

그러나 가소로워라,
너는 어느 계절 속으로 들어가 그 닫힌 입을 열려는가

추함에 대하여

– 송기원 선생과 백련재에 머물 때 2022. 12. 9.

며칠 전, 단둘이서 들녘 선술집에서의 낮술

송기원 선생 왈,

"노식아."

"네."

"앞으로 추해지거라."

"네?"

"추함 속에 아름다움이 있다."

"……"

"너의 추함을 드러낼 때, 너의 시가 제대로 나올 것이다."

"……"

"감추지 마라, 넌 이미 간결함 속에 아름다움이 묻어 있으니 앞으론 추해지도록!"

난 이미 추한데, 얼마나 더 추해져야 할까?

어느 날의 새벽

— 송기원 선생께, 2023, 5, 11,

머리 위의 제주행 여객기 소리는 구름 속을 흘러가면서 정처 없이 지워지고 지난 가슴에 맺힌 나의 하얀 길을 남긴다

비 그친 땅끝문학관의 장미원은 담장도 없이 환했으므로 흰 장미꽃 한 송이를 죄스럽게 꺾어 인적 없는 저녁 길을 걸었다

앞보다 뒤가 밝을 때가 있다

백련재에서 시집을 엮으며 눈빛이 야위고 흰 볼이 수척해질 무렵, 열흘 동안 방을 비우고 돌아온 날

밤마실을 다녀오던 선생께서 미닫이문 밖에 서서 "노식이 왔구나!" 거미줄 흔들리는 목소리로 나의 생을 확인시켜 주었을 때,

아, 내가 살아 있구나, 놀라서 퍼뜩 일어나 창호지에 햇살 들 듯 반갑게 나가 보았다

걱정하는 마음은 깊은 파란波瀾 속에서 나온다는 것을

그때 알았으니,

　나는 내 길을 가겠구나, 속으로 안도하였다

　둥근 벽시계, 6시 꼭짓점 아래 압정으로 꽂아 둔 보름 전
의 동백꽃과 오늘의 흰 장미꽃을 오래 올려다보았다
　그렇게 새벽을 맞았다

슬픔의 길

슬픔의 길은 자주 휘고 아주 멀어서 홀로 두고 온 마음
처럼 가여워진다
나는 이 길을 수없이 오르내렸다

정든 사람들은 다가갈수록 서로의 뒤가 멀어지고 어둠
이 깊어진다는 것을 알고 있다

비 내리는 밤길을 걷는 일은 아직도 이 길 위에 사랑이
있고 아픔이 있기 때문,

길가의 노란 꽃들은 만발하고 꽃잎의 가장자리는 환하
고 여려서 작은 벌들만 즐거워한다

단 한 번으로도 슬픔의 길은 끔찍한 통증을 낳는다

말투

  생각을 접기 전에 한 번 더 봄비를 기다려 보기로 합니다 구겨진 날들이 많아서 나의 일기는 메말랐습니다 물기 어린 말투를 간직한 당신은 내 오랜 벗이 되어 줄 듯하다가 한순간 그 물기를 감추는 버릇이 있습니다 작년 가을에 넣어 둔 운주사 입구 공터의 튤립 구근들이 일제히 초록의 혀를 내밀었지만 당신의 물기는 이제 나를 적시지 못하고 어느 곳에나 가 닿습니다

그 사잇길에 외로이 서서

그 계절과 시간의 눈빛 속에서 꽃들은 아름다웠으나 여전히 우울한 얼굴로 밤을 앓았다 자주 바람이 불고 더러 추위가 몰려오는 사이에 몇은 서로의 품 안에서 설운 꽃을 피우고 오래 설레고 어느 날은 아팠다

어떤 꽃은 그로 해서 세상에 눈을 떴으나 자주 울었으므로 맑은 얼굴을 간직하지 못했다

뭉개진 꿈,
그 안의 외로운 사잇길에 홀로 서서
그대는 왜 숨이 가쁜가

구김이 오는 일

손을 오므리면 손안의 잔주름이 서로를 끌어당기듯 이
유가 사라진다

구겨지는 일은 너무 가까운 곳에서 서로의 숨을 나누기
때문,

물들지 않았으므로 선한 눈빛은 불안하고
투명한 호기심은 낯설지 않아서 곧장 어둠을 곁에 두어
야 한다

멀리 떠난 후 돌아오지 않는 이는 지나간 길을 이미 지
워 버린 총명한 자다

자주 가까워서 구김을 얻었다면 어제의 나를 지우면 될 일,

구김이 오는 일은 서로의 몇 가지를 나누어 주듯 정답게
살아가는 것과 같다

아주 오래 혼자인 사람

아주 오래 혼자인 사람은 관棺 속의 적막처럼 텅 빈 눈으로 꿈을 꾼다 밤이 오면 하늘이 그를 데리고 가서 별들의 파수병으로 세우고 이른 아침에 내려보낸다

부끄러움은 어디서 오는가
- 누운 여자, 1941, 이중섭

잠깐 속마음을 꺼내 놓고 싶을 때가 있지

밤에 듣는 위로의 말은 고양이가 삼켜 버리니까 나에겐 고된 얼굴밖에 없어
그래서 그해 여름은 불이었지만 올여름은 얼음이 되어 버린 거야

나비 같은 부끄러움은 어디서 오는 걸까?
모로 누워서 고개를 든 머리칼은 말이 없네

길에서 닮은 사람을 보고 심장이 멎는 일은 내가 잊히기 때문,

오래 잃어버린 문장들이 눈앞에서 파닥거릴 때,
한 손은 푸른 잎을 쥐고
다른 한 손은 부끄러운 곳을 가리는 네가, 여기 있다

저녁은 여전히 사랑을 끌고 다닌다

저녁은 오랜 기억을 고립 속에 가두고 달콤한 후회를 질 겅질겅 씹게 만든다

어제는 찢긴 하늘이고 달포 전의 쓸쓸함은 이미 한 해 전의 붉은 꽃이었다

빗방울은 숭고한 찰나에 자기를 잃어버릴 줄 안다

낙수

·

·

·

낙화

철없는 나를 놓아 버릴 때, 모든 기억은 잿더미 속에서 파닥거릴 것이다

저녁은 여전히 사랑을 끌고 다닌다

냉소적인 이유

정든 나뭇가지 부러질 때 도처의 눈빛들은 믿을 수 없다

매우 아름다웠던 시절이 끝나갈 무렵, 끔찍한 미래는 온다

눈 녹은 자리에 죽은 새의 깃털이 드러날 때처럼
지난 사랑을 발견하는 순간은 이미 늦어 버린 일,

빨간 차와 노란 차가 번갈아 지나가지만, 그 안에는 수
백 개의 위선이 숨어 있고
떨어진 과일을 주워 그 상처의 안을 살피면 달콤함 속에
도 선홍빛 복면이 꼭 들어 있다

냉소적인 사람이 되는 건 벌레의 감각만큼 빠르고 순간
적이다

제3부

한 곳에 마음을 빼앗기는 일은 거기에 설움이 있기 때문

흐린 날은 생각이 멀리 간다

흐린 날은 생각이 멀리 간다

먹물을 잔뜩 머금고 잠이 든 까마귀처럼 하루가 적막하여도 멀리 떠나서 꽃을 피워 본 이는 결코 돌아오지 못할 것이다

잡념도 없이 한 곳에 마음을 빼앗기는 일은 거기에 설움이 있기 때문,

비가 내리고 젖은 잎들은 강물이 되고 싶어 제 몸속으로 끝없이 물기를 받아들인다

흐린 날은 사위四圍가 바위처럼 고요해져서 모든 말들이 달아나 버린다

여름의 전설

잊히지 않는 쓸쓸한 진실이 하나 있다

여름에 오는 사랑은 호기심이 많으나 결국 꽃을 꺾어 창을 때리고 그 여름날의 끝자락에서 말없이 떠난다

내가 들어서 알게 된 어떤 여인은 한 사람의 심장을 무참히 흔들어 놓고 냉정히 가 버렸는데 홀로 남은 그의 상한 심장에서는 시가 눈물처럼 쏟아졌다고 한다

유난히 별을 좋아해서 가슴이 별처럼 마구 쿵쾅대던 그 여인은 시의 뮤즈 칼리오페처럼 매우 아름다웠다는 소문이 있었다

여름의 사랑은 달콤한 과일의 뒷맛같이 끈적거리고 개운하지 않아서 고통을 남긴다

그 쓸쓸한 연애담은 이제 여름의 전설이 되었고 나는 괜히 그의 옆에서 상심만 키웠다

사과와 새

달콤한 과일의 맛이 슬픔이었음을 알기까지 간절함은 고독을 키운다

햇빛이 창에 부서질 때 어제의 모든 일은 검은 부스러기로 남을 뿐, 너무 당돌한 발걸음은 무관심을 터득하게 만들고 기억을 오려 낸 간밤의 일기는 최면처럼 곧 잊힌다

사악하지 못한 짐승으로 태어나 한나절의 권태로움을 질겅질겅 씹고 뱉어 내는 일은 즐겁다

새들도 거짓말을 남길까?

선홍빛 사과를 앞에 두고 사랑을 맹세하는 연인들은,
결코 새가 될 수 없으므로 나는 이들의 순수를 믿지 않는다

구름의 예언

구름의 이동 속도를 배우는 일은 고해 같다

추레한 눈빛으로 그 어떤 풍경들을 사랑할 때 비애는 찾아오고, 느낌이 아닌 확신에 찬 말은 흐릿한 공기처럼 비릿하다

투명한 창을 통해 구름의 예언을 익힐 때쯤, 그 아련한 미련 같은 날들이 이미 사라진 구름이란 걸 알았다

나는 구름이 자유롭다고 말해서 그를 모독한 죄로 방에 갇힌 적이 있다

빗속에서

대숲의 빗줄기 소리를 들으면 시든 안개꽃처럼 정신이 몽롱해진다

등나무 아래 연자줏빛 꽃잎들은 다투어 연서를 쓰고 들판의 장다리꽃 무리는 하염없이 제 몸속으로 빗방울을 받아들인다

흰 개는 멀어져 가는 내 등을 멍하니 한참 바라보는데, 마치 이별을 앞둔 여인처럼 담담한 표정이다

물웅덩이 속에 고요한 하루가 잠겨서 내가 없는 것만 같다

여름밤의 별들은 모두 눈물을 흘리지

여름이 오는 건 생이 쓸쓸하기 때문이야

가슴을 부풀려서 별을 노래한들 이승의 감정은 별을 따라갈 수 없지

잠 못 이룰 때 밖으로 나와 봐, 밤하늘은 우울의 근본이야

반짝이는 모든 것은 자기의 전부를 불사르기 때문, 얼음 같은 생은 없지만 누군가 간절히 자기 노래를 부를 때 그 가슴에는 꼭 구름 같은 허무만 남지

돌이켜서 아픔을 쌓아 두는 건 한낮의 별들을 떠올리는 것과 같아

잊어 봐,

서로가 치명적이라 느껴질 때 진실은 이미 눈물 속에서 꽃을 피우고 여름이 다가오는 것은 설움의 꽃이 문득 우리를 기억하기 때문이야

구름 없는 푸른 하늘을 보고 싶네

그대가 먼저 발길을 돌렸다면 나는 이제 사랑의 그늘을
막 벗어나려 하지

아침이 오듯 고통은 또 나를 찾겠지만 이별의 문장이 흘
러가듯 기억의 시간들도 그만큼 빠르게 지나갈 거야

그대로부터 나의 쓸쓸함은 시작되었으므로 여름밤의 별
들은 모두 눈물을 흘리지

안부

쓰다 만 문장은 연민의 통증만큼 쓰다

가지 못한 길은 그늘 속에 남고, 서둘러 달아난 그림자
는 욕망의 꽉 찬 내부를 보여 준다

여운은 구름의 미소가 남긴 치욕,

구겨진 엽서의 시작은
"잠시 기운 우산 아래에서 홀로 비를 맞는……"이라고
속되게 씌어 있을 것이다

여름이 오고 도시의 사람들은 발가벗은 채 꿈을 꾼다

고립 속에서 이마 위로 새벽 별이 찾아올 때,
잠든 누군가의 짧은 안부를 들을 수도 있겠다

여름이 오면

너무 몽환적인 것들은 고통스러워서 나를 눈감게 한다

길 위의 생이 아지랑이같이 아물거릴 때 나는 너에게 없고 세상은 불현듯 잔혹해진다

지나왔으나, 눈부신 하루가 없었던 것처럼 산정에 올라 멀리 내려다보면 눈물 한 방울도 고적할 뿐이다

내 시의 언습ﹺﹺ은 옹졸해서 큰 시가 못 된다

손목에 수갑을 채우듯 내가 나의 정서를 옥죄고 있음을 안다

여름이 오면 흰 구름이 가까이 내려와 내 눈이 맑고 가슴은 커질 것이다

이미 바랜 잎들

이미 바랜 잎들은 고요한 표정을 짓는다

시간이 끌어 올린 멍한 눈빛,
잎들의 우물 같은 동공 안에는 천사의 언어가 숨어 있을
것이다

나의 눈은 강물로부터 왔으므로 쉬이 잠들지 못하고 찬
별빛처럼 서걱거린다

밤, 바래진 모든 것들의 은신처

어둠 속에서 아주 멀리 사라진 잎들이 바스락거릴 때,
문득 죽은 오감이 깨어나 나의 볼기짝을 후려친다

숨이 차고 침이 마르고 입술이 튼 바랜 잎들도 한때는
축축한 혀를 가지고 있었다

이미 오래 고요해진 잎들은 길 위의 그리움을 그의 몸속
에 조각해 놓는다

달의 표정을 따라서

이마 위의 달을 보며 집을 나설 때, 서리는 이미 목덜미에 내려앉아 나의 계절을 앞서간다

차 안은 달빛이 없고 나의 생각은 이미 적막해져서 입술마저 나비 날개처럼 얼어붙었다

머릿속으로 흘러가는 지난 이름들의 호명은 부질없지만 어두운 것은 몸이 아니라 마음이므로 차가 더디 간다

오랜 시간을 달려와 땅에 내려서 보니 그, 달이 그대로 내 이마 위에 떠 있다

나는 나로부터 한 뼘도 벗어나지 못해서 잊힌 거리 같다

어느 때에나 내가 저 달의 표정을 따라서 무심히 흘러갈 수 있을까?

풀벌레 소리에 귀를 열고

간밤에 풀벌레 소리를 들으며 잠을 청했지만 새벽에는 그 소리가 쉬어서 안타까이 들린다

무엇이 저들을 놓아주지 않기에 몸이 으스러지도록 애를 태우는가?
간밤부터 새벽까지 풀벌레는 어떤 생을 꿈꾸며 쓸쓸히 울었을까?

동이 터서 풀벌레 소리가 멈추었다

나에게는 듣고 싶은 목소리가 있지만 만날 수 없으므로 모든 것들이 더 간절해진다

풀벌레는 나의 심정을 알고 있을 것이다

저녁 편지

딱따구리가 산을 통째 쫀다

어느 하루만이라도 붕대를 풀고 오는 저녁이었으면 바랄 때, 딱따구리는 또 내 가슴을 쫀다

쓰고 있던 편지 속에 수없는 구멍이 생겨서 눈이 어질어질하다

이 편지가 그에게 닿으면,
그 시린 구멍마다 붉은 꽃이 피어서 그의 눈시울이 뜨거워지길 빌 뿐이다

안개의 집

아침 안개는 밤새 뒤척인 사람처럼 표정이 몽롱하고 오래 강가에 머문다

해맑은 하루가 꼭 고운 날은 아니지만 내게 남은 몇 점의 선명한 기억들은 모두 눈부신 상처로부터 왔다

흰 꽃의 인연은 설렘으로 다가와서 뼈아픈 비애로 막을 내린다

내 머릿속은 온통 아침의 찬 바람과 쓸쓸한 저녁의 빗방울이 고여 있다

눈을 감으면 안개 속의 날벌레들처럼 나는 자꾸 유령이 되어 가고 슬픔이 되어 가고 흰 나비가 되어 간다

까닭 없이 허망한 날은 종일 안개의 집에 머물며 수천 통의 엽서를 쓰고 싶어진다

비켜 가는 얼굴

무성한 풀잎 속에 숨은 너의 눈빛을 발견할 때, 애증은 이미 오고 있었다

감춰진 말은 눈물이 말해 주지만 내게 보여 준 너의 비밀은 눈물이 아니다

믿을 수 없는 건 가까운 마음,

고양이는 나의 눈빛을 그의 눈 속에 조각해 놓았나 보다 나와 마주치면 그는 비켜 간다

하얀 것

하얀 것은 늘 비어 있고 그 안에는 고요한 눈망울이 있다

흰 나비가 눈부신 창공을 날 때 내 눈이 비워지는 것처
럼 백치의 순정을 말하거나 흰 꽃보다 더 흰 속마음을 발
견하는 순간,
나는 공포 속에 든 거위의 눈동자가 되어 버린다

결국 지워지기 위해 인연은 흰 거품을 남긴 채 적막 속
으로 사라질 뿐,
지상의 슬픈 눈들은 헛된 것이다

고요는 호흡을 멈추게 하고 어디서나 긴장의 순간을 만
든다

제4부

한때의 상큼한 노래는 깨어진 조각처럼 뒹군다

잊힌 얼굴

새들도 다녀간 적 없는 설원을 맨발로 걷는다

내장을 꺼내 놓고 싶은 차고 흰, 공포 앞에서 나는 여러
번 떨었다

쌓인 눈의 뒷면을 들춰 보려는 간절한 순간은 어떤 아름
다움의 냉정한 표정을 읽는 일만큼 어려운 것이다

지난 흔적을 이해하기 전에 나의 전부를 거울 앞에 세워
두고 처절하게 깨질 것,

잊힌 얼굴은 잠깐의 꿈에서 걸어 나와 내 시린 눈眼의 뒷
면에 생채기를 남긴다

백로

모든 잎은 평온의 자기 세계로 돌아간다

연두와 초록과 갈잎과 흰 꽃은 내가 걸어온 길, 그 길에서 백로를 만나 긴장을 배우고 정이 들고 한 시절을 살고 쓸쓸히 헤어진 적이 있었다

사나운 빗줄기 안에 오래 갇혀 함께 노래를 부르는 건 고통,

향기는 스쳐 가므로 목마른 아름다움을 남기지만, 지난 잎들은 내 성숙의 과정에 살며시 스며들어서 모래가 되었다

겨울 속에서, 나는 부러진 나뭇가지에 앉은 외로운 백로의 긴 회한을 대신 써 내려간다

언 땅

지난 계절은 몹시 위태로웠고 우울한 여행이었다 이제 햇빛이 들고 바람 부는 아침이 오고 다시 눈을 밟는다 아주 먼 데서 날아온 눈발은 흉터 같지만 잘 여문 과일 같기도 하다 나는 흰색을 좋아해서 어느 해의 깊은 눈 속에 잠시 깃든 적이 있었다 언 땅에서 작은 씨앗이 앓는 소리를 낸다 새로 태어나야겠다

눈雪 같은 그

눈길에는 내 생의 조각들이 몇 있지

발목까지 빠지는 눈밭을 함께 걷는 모습은 눈 속에 빠진
고라니의 놀란 눈망울을 보는 것과 같아

말은 보푸라기만도 못해서 곧장 벗어나고,
고백이 있다면 언제나 더 깊은 사람이 먼저 우는 거야

정겨워도, 잊거나 잊히거나 이해하지 못할 날이 오겠지

눈雪 같은 그, 아무 발자국도 없는 눈길에서 나는 실연을
꿈꾸네

늦게 아는 건

겨울 해를 등진 나무 그림자는 벌을 받는다

어둠을 무시한 죄는 사랑을 경시한 무지만큼 두려움을
준다

나는 그늘 속으로 지난 시절의 죄악들을 흘려보냈으나
결코 노래가 되어 주지 못했다

밤은 곧 나에게 닥쳐올 형벌이 가까운 듯 모든 별을 앗
아가 버린다

겨울나무 아래 서서 뒤돌아보면
길 안의 부러진 나뭇가지 그림자들이 심장을 찌른다

늦게 아는 건, 회한이 아니라 자신이 버려진 것이다

어떤 아픔

가끔 적막한 풍경들은 눈물에서 나오지만
댓잎이 울어서 내게로 오는 동안 동백꽃은 왜 또 서럽게
언 땅을 뒹구는가

내게 너무 많은 아픔이 찾아와 숨이 차고
손바닥으로 가슴을 치면 지난 별들이 떨어진다

겨울 대낮에도 많은 별이 울어서
내가 하늘로 올라가야만 될 것 같다

설원

　설원 속에 한 마리 백로가 앉고 또 창공을 날지만 천지
가 일색一色이어서 어디에도 흉터 하나 보이지 않는다

인내

세상이 뿌옇게 몸살을 앓는다

바람이 불고 지나가던 새가 홀로 돌아와 울어 보지만,
눈은 쌓이고 그 위에 서리가 다시 내려앉는다

삼 년 전에 날아온 엽서는 통째 곰팡이의 집이 되었다

몹시 아픈 사람의 눈은 초연해서 거짓이 없고 그 골똘한
눈동자 속에는 외론 까마귀의 눈빛이 고인다

지난 일을 인내하는 겨울 나뭇가지는 그새 얼어서 더 수
척해졌다

강물 속에 핀 꽃

강은 지난여름, 한 슬픔을 받아들이고 그의 눈물을 강 하구로 데리고 가서 노을과 함께 곤한 잠을 청했다

세상의 모든 소식을 견디는 일은 강물의 심장에 가까이 가는 것과 같다

아름다운 이는 여전히 아름다워서 밝은 찬 그늘뿐,

겨울이 오고, 또 한 슬픔이 강가에 닿아 노을을 찾았을 때 강은 아예 그의 심장을 꺼내어 무수한 꽃들을 보여 준다

노을은 강물 속에서 꽃을 피운다

겨울 오후의 풍경

겨울 오후의 풍경은 안쓰러운 얼굴을 옆에서 지켜보는
것 같다

잿빛 하늘은 마음을 짓누르고
바람 속에서 세상을 읽던 눈이 생선 가시처럼 쓰려 오면
불현듯 뭉클한 포옹이 그리워진다

어느 날의 너의 눈빛과 목소리와 걸음걸이가 세상 밖으
로 향할 때 겨울은 떠나고,

함께 걷던 그 길은 이제 새들의 놀이터가 되었다

저녁의 빗줄기

어떤 저녁은 가진 것 없는 나에게 기다림을 선물하고 부끄러워서 어둠 속으로 달아나기도 한다

세상의 모든 기다림이 내게로 오는 건 상실의 경험 때문, 밤이 오는 건 지난 별들을 다시 떠올리게 하므로 나는 이제 그대에게 빼앗긴 밤과 같아서 눈은 없고 가슴만 남아 있는 것이다

빗줄기는 천 개의 생각을 가지고 무한정 떨어진다

저녁의 빗줄기는 모든 거리마다 사랑의 투정을 남기고 저 혼자 다른 저녁으로 옮아간다

입술을 깨무는 밤

달이 있고, 입술을 깨무는 밤은 오래된 정원처럼 스산하다

구름은 너무 많은 빗방울을 흘려보내서 몸이 생선 뼈가
되었고
백합은 나를 만나 매일 눈물을 길어 올리느라 고운 얼굴
에 큰 물집이 여럿 생겼다

나를 몹시 견뎌서 나 아닌 나를 발견할 때쯤,
바람은 이미 산 너머 강물로 흐르거나 저녁의 그리움은
탱자나무 그늘 안에서 불쑥 얼굴을 내밀지도 모른다

아슬아슬하다
나는 경계가 없는 길 위에 서서 돌아갈 줄 모른다

우리는 그동안

물 위의 구름 사이를 빠져나가는 바람,
너와 나의 거리는 무위하므로 티끌이 없다

몸의 일부가 섬처럼 공허해질 때 한 계절이 찾아오고 마음 한구석이 섬처럼 먹먹해질 때 한 계절은 떠난다

계절은 한 사람이 별안간 찾아와서 울고 가는 것과 같다

섬과 섬 사이에는 설움이 있다
파도는 자기 속을 보여 주지 않으므로 눈을 맞출 수 없지만,
아름다운 눈빛 속에 파도를 간직한 이는 잔혹하다

느낌을 놓칠 때 비애는 벌레처럼 기어 온다

마음이 너에게로 가서 정들지 않았다면, 마음이 나에게로 와서 머물지 않았다면
우리는 그동안 위선을 산 것이다

열이레 달

열이레 달은 엉겁결에 마음을 빼앗기고 온 여인처럼 조금은 당황스럽고 서운한 듯한 얼굴입니다 그 표정은 나를 회한에 잠기게 하므로 굽은 길을 걸어가면서 힐끗 보아야만 그 사람의 본성을 놓치지 않게 됩니다 저 틀어진 거울은 금 간 접시 안의 공허처럼 내 뜬 마음을 가라앉게 만들고 하얀 얼굴 하나를 지워 줍니다

밤

어둠은 생각이 많다

아, 하고 숨을 토하면 너무 자잘한 내가 물끄러미 밖에
서 있다

밤은 아주 빠르게 진실을 말해 준다

본래 그리움은 떠도는 것인데, 나는 그것을 잃어버렸고
  얼굴이 그 사람의 시간이라면 나는 하오 두 시의 그녀를
만난 적이 있다

가장 눈부신 시간에 꽃들은 태양의 고통을 즐긴다

어제의 밤과 오늘의 어둠이 다르듯 사랑은 수없는 가면
속에 숨어서 새로울 것이 없다

비 맞는 한 마리 짐승이 길을 잃고 집으로 돌아가지 못
하는 밤이 온다

밤눈

한때의 상큼한 노래는 깨어진 조각처럼 뒹군다

잠깐의 설렘은 거품이 가져온 물방울 같은 것,
닳기 쉬운 건 순결한 무늬,

마음이 반짝이는 순간은 자기 전부가 별처럼 다 타오르
는 것과 같다

옷의 얼룩보다 흉해 보이는 것은 떠나는 이의 걸음걸이
를 기억하는 사람

가슴에 새긴 아름다운 풍경은 거친 시간 앞에서 상처가
되고
다정한 꽃들은 구름 안으로 들어가 허무를 만지작거린다

홀로 걷던 불안의 길들이 지워질 때,
밤은 고요한 눈雪을 데리고 서서히 내려온다

박노식의 시집 『괜찮은 꿈』과
운주사의 꿈 겹쳐 읽기

곽재구 시인

박노식의 새 시집 원고를 들고 운주사에 간다.

노식은 한때 절집 운주사의 매표소 직원이었다.

한 평도 못 되는 매표소 안에서 그가 하는 일은 시를 쓰는 일이었다. 아침에 매표소 앞 낙엽을 쓸며 시를 쓰고 차한 잔 마시고 시를 쓰고 표를 판 다음에 시를 쓰고 점심시간에 와불을 찾아가 곁에 앉아 시를 썼다. 꽃이 피면 시를쓰고 빈 병에 꽃잎을 담으며 시를 쓰고 운주사 밤하늘의별을 보며 시를 썼다.

언젠가 그가 내게 말했다.

운주사 매표소에서 머문 시간들이 내 시의 천국이었어요.

그 말을 듣는 순간 조금 부러웠다. 내 시의 천국은 어디

쯤이었을까.

나는 와불 앞에서 걸음을 멈추었다. 나란히 누워 하늘
과 면상하고 있는 두 분의 부처님. 사랑스럽다. 각시불과
신랑불로 불리는 두 분의 옆구리 사이에 세상 사람들이
잘 모르는 신비한 틈이 있다. 운주사가 처음 존재를 드러
내기 시작한 1980년대 초 무렵 나는 두 부처님이 빚은 틈
사이에 누워 하늘을 바라보는 것을 좋아했다. 찾아오는
이도 없고 산바람이 들꽃잎을 만지는 그 시각, 하늘의 구
름을 보며 처음 이곳에 두 부처님을 새긴 사람들의 꿈을
생각했다.

꽃잎을 말려 작은 유리병에 넣고 오래 들여다보는 일처
럼 기억은 가슴이 남긴 잔상 같은 것이다

아름다움은 지워지기 위해 존재하는 것,

마른번개에 가슴이 베이고 절벽 끝에 서 있을 때,
금이 간 바위틈에선 반드시 새로운 씨앗이 싹튼다
— 「계절 밖으로 난 길」 부분

금이 간 바위틈 사이 새로운 씨앗을 싹 틔운 사람들. 와
불은 기저석 위에 단단히 붙어 누워 있다. 머리는 낮고 발
은 높다. 사람들의 꿈은 언젠가 두 부처님 사이 아기가 태

어나고 세 부처님은 벌떡 일어서고 새로운 세상이 봄바람처럼 우리 곁에 찾아오는 것이다. 생각을 하는 동안 마음이 따뜻해졌다.

> 나에겐 기쁜 일도 없지만 새들의 방문이 잦고
> 시가 어떻게 찾아오는지 새의 울음소리는 미리 알려
> 준다
>
> 간혹 나뭇잎이 날아와 머물 때,
> 어떤 새는 부리로 쪼아서 흠집을 내고 그 잔해를 현관
> 문 앞에 모셔 두기도 한다
> 그런 날은 슬픈 시가 나온다
>
> — 「새들의 얼굴을 기억하는 것은」 부분

시는 어디에서 오고
어디로 가는 것일까?

이 화두에서 머무는 순간만큼 행복한 시간은 시쟁이에게 없을 것이다. 시가 밥이 될 수도 노동이 될 수도 해방과 꽃이 될 수 없다는 것을 알면서도 세상의 시쟁이들은 이화두에 몰두하는 순간 밥 먹는 것을 잊는다. 그 순간 노식은 매표소 밖 새들의 노래를 듣는다. "나에겐 기쁜 일도 없지만 새들의 방문이 잦고", 이 구절을 읽으며 혼자 웃는다. 시가 어디서 어떻게 오는지 그 길목을 알려 주는 것 같다.

현관 앞에 모셔 둔 흠집이 난 나뭇잎을 보는 순간 노식에
게 새의 얼굴이 보이고 그런 날은 어김없이 슬픈 시가 찾
아온다고 노식은 적는다.

> 밤의 가을 호수는 한낮에 비친 먼 산의 단풍들을 조용
> 히 물속으로 데리고 간다 그러면 단풍들은 호수의 품 안
> 에서 열이 내리고 뜨거워진 볼이 차츰 가라앉는다 칭얼대
> 는 몇 잎은 한적한 호숫가로 안고 가서 잔물결로 토닥토
> 닥 재우고, 호수마저 지쳐서 눈을 감을 때는 박 같은 큰
> 달이 앞산 위로 올라와 살며시 웃고 별들은 반짝이는 입
> 술로 밤새 뽀뽀를 해 준다
>
> – 「가을밤의 호수」 전문

시란 맑고 깨끗한 것이다. 더럽고 흉측한 것은 시가 될
수 없다. 한없이 흉측하고 서러울지라도 그 영혼의 꿈이
진실로 맑을 때 그 흉측함은 당연히 시가 될 수 있다. 「가
을밤의 호수」는 우리가 꿈꾸는 마음의 호수다. 생이 아무
리 질퍽거리고 절망스러울지라도 우리의 마음속에는 꿈꾸
는 호수가 하나씩 있다. 그 호수를 기억해 낼 때 시는 우리
의 마음 곁으로 다가온다.

운주사를 생각하면 내게 떠오르는 얼굴이 있다.
요한 힐트만. 독일인인 그는 한국을 많이 사랑했다. 그

중에서도 운주사를 참 많이 사랑했다.

광주항쟁이 난 직후 함부르크대학의 미학 교수이자 인류학자였던 그는 한국을 찾아왔다. 운명이었을 것이다. 운명의 첫 계기는 아내였다. 송현숙, 그는 간호사였다. 한국에서 파견된 그가 함부르크의 병원에서 중증 치매에 걸린 힐트만의 아버지를 간호했다. 지극정성인 그 모습이 힐트만의 눈에 들어왔다. 힐트만은 독신주의자였다. 송현숙을 발견한 순간 세상의 풍경이 아니라 생각했다. 송현숙의 고향은 담양군 무정면의 산골 마을이었다. 지리산에서도 찾기 힘든 산골 중의 산골이었다.

기억은 폐허 위의 통증 같은 것

돌아갈 옛집이 없는 사람은 그가 지금 아프기 때문인데 불행한 일은 아니다

누구도 보지 않는 낮달을 나는 혼자 지켜보면서 외로움을 키웠지만, 산마루에 앉아 고개를 숙일 때는 빙 둘러 핀 진달래꽃이 나를 안아 준 적이 있다

아름다웠던 일도 고통스러웠던 사연도 내 안에서 자란 것이므로 소중할 수밖에.

다시 오지 않을 먼 눈빛을 나는 낮달 속에서 찾는다
　　　　　　　　　　　　－「나는 낮달을 보며 외로움을 키웠다」 전문

　1990년대 초의 어느 봄날 전남대 미술학과에 근무하던 이태호 선생과 함께 힐트만의 처갓집 담양군 무정면을 찾았다. 깊고 깊은 산골 마을에 새로 돋은 연두가 환한 날이었다. 송현숙이 태어나고 자란 집에서 그의 가족들이 살았다. 대나무 살에 한지 바른 창호 문을 지닌 흙벽 집은 독일에서 오는 사위를 위해 기와를 얹고 집수리를 했다. 흙벽에서 나는 흙냄새가 좋았다. 앞산의 연두와 흙냄새의 조화라니.
　힐트만은 키가 컸다. 1m 90cm는 훌쩍 넘었을 것이다. 미남이었다. 그가 왜 혼자 살 생각을 했는지 모르겠다. 허리를 깊게 숙인 힐트만이 창호 문을 열고 나오는 모습이 인상적이었다. 그는 이 집의 흙냄새와 밤의 소쩍새 소리, 아직도 베틀을 사용하는 마을 사람들이 좋다고 했다. 그중에서도 재래식 화장실을 좋아했다. 송현숙은 그가 화장실에 갈 때마다 조간신문 한 장을 화장실 바닥 위에 깔아 바닥의 물방울이 튀어 오르는 것을 막았다. 그 모든 풍경을 힐트만은 사랑했다. 저명한 미학자이며 인류학자인 그의 풍모가 느껴졌다.

　누군가의 사랑이 되어 본 적 없는 나는 쓸모없는 양철

통 같다

울어야 할 그는 이미 다른 사람의 꽃이 되어서 얼굴이
달항아리처럼 환하다

밖의 소리가 나의 사랑을 짓밟는다

내 빈 가슴이 어둠으로 물들 때,
첫 연애에 들어선 이의 눈빛은 마냥 연둣빛으로 빛날
것이다

연두는 잠시 생을 한눈팔게 만들고 곧장 용서해 버린다
— 「연두」 전문

　"누군가의 사랑이 되어 본 적 없는 나는 쓸모없는 양철
통 같다" 힐트만이 송현숙에게 사랑을 고백했을 때 마음을
옮긴 것 같은 시구다. 연애가 사랑으로 바뀔 때 연두는 짙
푸름으로 산의 색을 바꾼다. 내면의 울림 속에서 그가 찾
아야 할 생의 빛을 찾는 것이다.
　힐트만은 송현숙에게 그림 소질이 있다는 걸 알고 함부
르크대학에 입학해서 그림 공부를 할 것을 권유한다. 송현
숙은 미술대학을 졸업하고 화가가 된다. 커다란 붓질 몇
획으로 삶의 내면을 깊게 응시한 그의 그림들은 유럽 화단

의 주목을 받았다. 동양의 선과 추상이 함께 엉긴 세계의 깊음, 이라는 평가를 받았다. 이 소식은 한국의 화단에도 금세 알려져 송현숙은 서울의 갤러리들에서 기획전을 펼치게 된다.

진실한 얼굴은 어디에 있는가?

믿지 못해 괴로울 일은 없지만 나는 그 너머를 읽으면서 위안을 배웠다

하나가 아름답게 느껴질 때
다른 모든 아름다운 것들이 장막 뒤에 가려지듯
추악한 나의 일기는 오히려 아름다움이 내게 보내 준
자객刺客 같은 것이다

울지 마라, 나의 마음이여!

– 「흰」 부분

힐트만에게 작은 고통이 있었다. 송현숙에게도 같은 지점의 고통이 있었을 것이다. 그것은 송현숙의 작품 세계에 관한 것이었다. 수묵추상水墨抽象. 일찍이 만난 적이 없는 화두 앞에서 많은 평론가들과 독자들의 의문을 표시했다. 이 거대한 붓질이 회화적인 작품으로 인식될 수 있는

근거는 무엇인가? 동양화의 선과 점묘에 익숙한 이들이 던질 수 있는 의문이었다. 그의 작품 제목은 '7획' 혹은 '9획'과 같은 것이었는데 그것은 작품이 완성될 때까지의 붓질한 횟수를 의미했다. 이런 의문은 민족미술론을 펼치던 이태호 선생에게도, 동양적인 은은한 선적세계를 동경하던 내게도 동일한 것이었다.

힐트만이 이태호 선생과 나를 작은 골방으로 이끌고 갔다. 오디오시스템이 갖춰진 방이었다. 그가 FM 라디오를 틀었다. 산골인지라 주파수 맞추기가 쉽지 않았다. 이리저리 다이얼을 맞추던 그가 필요한 주파수를 찾았고 정갈한 음질의 단파방송을 짧지만 들을 수 있었다. 그가 웃으며 말했다. "송현숙의 그림이 이와 같은 것이다. 주파수를 맞출 수 없는 이들에게 이 그림은 그림이 아니지만 정확하게 주파수를 맞출 수 있는 이들에게 선명하고 아름다운 그림이 될 수 있다." 나는 그의 이 설명이 마음에 들었다. 정확히는 송현숙의 그림보다도 힐트만의 설명에 더 먼저 마음이 갔다. 그날 내가 작은 흙방 안에서 만난 것은 송현숙의 그림에 대한 미적 세계의 토론이 아니라 힐트만이 그의 아내 송현숙을 얼마나 사랑하는지에 대한 신념이었다. 소쩍새가 봄 산을 쪼았다. 기실, 모든 아름다움은 어디에서 오는가? 올 수 없다고 생각하는 그 너머를 삶의 시간 속에서 싸우고 사랑하며 읽어 내기 시작할 때 찾아오는 꿈 아니겠는가.

며칠 전, 단둘이서 들녘 선술집에서의 낮술

송기원 선생 왈,
"노식아."
"네."
"앞으로 추해지거라."
"네?"
"추함 속에 아름다움이 있다."
"……"
"너의 추함을 드러낼 때, 너의 시가 제대로 나올 것이다."
"……"
"감추지 마라, 넌 이미 간결함 속에 아름다움이 묻어 있
으니 앞으론 추해지도록!"

난 이미 추한데, 얼마나 더 추해져야 할까?
―「추함에 대하여」전문

아름다움과 추함은 상극이다. 있고 없음, 사랑과 미움,
생과 사. 그 또한 상극이지만 극과 극은 서로 통한다. 송기
원과 노식의 이 짧은 대화가 나는 좋다. 사랑스럽다. 어찌
추함을 알지 못하고서 아름다움을 얘기할 수 있을 것인가.
난 이미 충분히 추한데 얼마나 더 추해져야 할까? 중얼거

리는 노식의 모습에서 저녁의 따스한 호롱불빛을 느낀다.

> 아주 오래 혼자인 사람은 관棺 속의 적막처럼 텅 빈 눈
> 으로 꿈을 꾼다 밤이 오면 하늘이 그를 데리고 가서 별들
> 의 파수병으로 세우고 이른 아침에 내려보낸다
>
> — 「아주 오래 혼자인 사람」 전문

이 시, 운주사 와불의 이미지를 많이 닮았다.

운주사 와불은 두 분이 합체한 한 몸으로 빚어졌다. 시초에 두 분이었으나 그 자리에 머문 순간부터 한 분이 된 것이다. 와불은 수평으로 누운 것이 아니라 머리가 발보다 낮은 자세로 누워 있다. 일어서기가 그만큼 힘든 것이다. 많은 이들이 이를 역성혁명의 난해함으로 받아들인다. 난해하지만 언젠가 그 꿈이 꼭 이루어지리라는 당연함의 상징으로 여겼다.

힐트만은 운주사의 와불을 보는 순간 운명처럼 그 이미지에 스며들었다. 그가 머문 전남대학교에서 거의 매일 운주사를 찾아와 와불을 만났다. 운주사 경내에 흩어진 민불들에서도 그는 신화적인 힘을 느꼈다. 힐트만은 운주사라는 절의 이름에도 주목했다.

그가 생각한 운주사는 운주사雲舟寺였다. 구름의 배가 흘러가는 것. 시적이면서 자유와 해탈의 이미지가 스며 있었

다. 이 이름에서 그는 옛 한국의 민초들이 지닌 마음의 시
정을 느꼈다. 언젠가 운주사 경내를 흘러가는 구름의 배를
보고 싶었다. 구름이 좋은 날 곧장 운주사로 달려와 넋을
놓고 하늘을 보았다. 그렇게 수년을 쫓아다닌 어느 날 진
짜 구름 배를 만났고 운주사를 세상에 널리 알린 책『미륵』
(학고재, 1997)을 펴냈다. 이태호 교수는 책의 서문에 전생
에 한국의 스님이 독일에서 태어나 다시 한국으로 돌아와
미륵세상의 꿈을 구현했다고 적었다.

> 딱따구리가 산을 통째 쫀다
>
> 어느 하루만이라도 붕대를 풀고 오는 저녁이었으면 바
> 랄 때, 딱따구리는 또 내 가슴을 쫀다
>
> — 「저녁 편지」 부분

딱따구리가 빈 산을 통째로 쪼듯 신화는 온다. 사랑을
지닌 한 인간의 염원이 언젠가 모두의 그리움이 되고 희망
이 되는 것이다. 요한 힐트만의 사랑이 없었다면 지금의
운주사는 우리 곁에 훨씬 늦게 도착했을 것이다. 운주사
곁에서 살던 누구도 지니지 못한 희망의 불꽃을 자신의 마
음 안에서 키운 요한 힐트만의 존재로 운주사는 한국인의
가슴속으로 찾아왔고 박노식이라는 진솔하고 궁핍한 광주
시인은 번듯하게 리모델링 된 운주사 매표소에 앉아 꽃 같

고 별 같은 사랑의 시들을 쓰게 되었으니 구름 배 같은 따뜻한 이 인연 앞에 가슴을 여민다.

새들도 다녀간 적 없는 설원을 맨발로 걷는다

내장을 꺼내 놓고 싶은 차고 흰, 공포 앞에서 나는 여러 번 떨었다

쌓인 눈의 뒷면을 들춰 보려는 간절한 순간은 어떤 아름다움의 냉정한 표정을 읽는 일만큼 어려운 것이다

지난 흔적을 이해하기 전에 나의 전부를 거울 앞에 세워 두고 처절하게 깨질 것,

잊힌 얼굴은 잠깐의 꿈에서 걸어 나와 내 시린 눈眼의 뒷면에 생채기를 남긴다

— 「잊힌 얼굴」 전문

2026년 봄날의 우린 행복한 세상에 머물고 있다. 아쉬움은 많지만 그 아쉬움 속에 하얀 눈발을 맨발로 걸어가는 사람도 있다. 그렇게 걸어가다 모인 눈빛 따스한 사람들은 밤새 가슴 안에 촛불을 켜기도 하고 설원에 모여 앉아 색색의 응원봉을 흔들기도 한다. 박노식의 시가 만나자 하는

세상의 꿈이 우리 곁에 있는 것이다.

머리를 발보다 낮은 위치에 둔 운주사의 와불은 여전히 우리 곁에 머물고 있다. 그리워해야 할 시간들, 꾸어야 할 꿈들이 밤하늘 별처럼 깔려 있다. 와불이 운주사에 누워 있는 한 사랑해야 할 시간들을 찾는 항해사들의 항해는 끝이 없을 것이다.

요한 힐트만과 송현숙, 그의 아들 한솔은 독일의 작은 폐 간이역에서 세상의 꿈을 꾸며 살아간다. 송현숙은 유럽 최고의 화가가 되었다고 며칠 전 만난 이태호 선생이 말했다. 자기에게 그림 한 점이 있다는 자랑도 곁들었다. 요한 힐트만은 나이가 들었다. 곧 미륵이 되어 운주사로 돌아올 것이다. 노식은 무등산 자락 문병란 문학관에서 관리인 생활을 하며 시를 쓴다. 시 외에는 아무것도 할 수 없는 노식에게 일자리를 준 운주사의 스님들, 문병란 문학관에서 일할 수 있게 마음을 써 준 광주시의 공무원 분들에게 감사한 마음을 드린다. 무수한 인연들로 이루어진 작은 포구들 사이 조각배들이 흘러간다. 별 같고 꽃 같다.